슬픔이 나를 꺼내 입는다

슬픔이 나를 꺼내 입는다

장인수 시집

문학세계사

목련나무

어째서 꽃은 하얀 울음을 쏟아내나?

목련은 눈물이라는 액체로 되어 있다는
꽃액체설을 나는 믿는다

울먹울먹
하얀 울먹임의 나무
뚝뚝 하얀 눈물의 그리메

이승을 수놓으며
꽃은 점점 나에게로 흘러와 무더기로 핀다

인생이란 한 없이 덧없을지라도
찬란한 찰나가 있음을!

2024년 6월
장인수

□ 차례

I 까세권에 산다

Ⅱ 슬픔이 나를 꺼내 입는다

Ⅲ 아내를 바꿔 입었다

IV 깊이에의 강요

I

까세권에 산다

까세권에 산다

사람들은 세력을 형성하며 살기를 좋아한다
숲이 세력을 형성하면 숲세권
전망 끝내주는 강이 있으면 강세권
초, 중, 고등학교 근처이면 학세권
이봐!
세력이 곧 가치!
나도 괜찮은 세력권에서 살고 있어
베란다 앞 은행나무에 까치들이 둥지를 세 개나 지었
으니 까세권
근처에 전국 제일의 모란시장이 있으니 모세권
오! 모세의 기적이여!
백 년 노포 즐비한 참기름 골목이 곁에 있으니 백 년
참세권
더구나 내 입맛에 딱 맞는 할매토종순댓국집이 근처
에 있으니 할세권!
값싼 생필품을 파는 다이소가 곁에 있으니 다세권
쿠팡 새벽 배송이 가능한 쿠세권

부풀어 오르는 슬픔으로 빚는 빵집이 곁에 있는 슬빵세권

나는 다多세권 지역에 사는 부자!

깍깍깍 은행나무가 새의 울음을 우는 까세권!

이게 웬 변고인고!

이매역 지하 공중화장실에서
볼일을 보는데
느닷없이 시상이 번뜩
'싸다'와 '쓰다'를 함께 끄응끙

오호! 하늘을 날 듯한 기분!
엉덩이를 까놓고 쓰는 알몸 시
야호! 밑을 씻으려다가
선반 위에 올려놓은 장갑이
툭! 똥통에 빠졌다

장갑에 똥이 묻었다
똥 세례식洗禮式!
아내가 정성스레 짜준 회색빛 실장갑
헉! 웬 변고!

오늘은 일진이 너무 좋은 것인가?!

로또를 살까?

극락 마사지

젊은 스님 둘이 냉탕에서
푸다닥 개구락지 헤엄을 친다
안마탕에서는
노스님이 온몸을 지진다
물거품이 민머리를 휘감는다
노스님이 감탄사를 연발하며
"아유, 좋다! 인생명약수포공人生命若水泡空*이로다."
5만 원짜리 '극락 마사지'도 받는다
박박 허물을 벗는다
"그렇게 좋으세요?"
젊은 스님이 노스님에게 묻는다
"절간에서는 부처님 때문에 똥자루 육신을 대접하지
못하잖아. 여기는 똥자루가 극락 마사지를 받네. 애인
보다 좋아."
노스님의 희롱에 젊은 스님은 깜짝 놀란다
"파계하신 거 아니에요?"
"한 꺼풀 허물을 벗는 게 해탈 아닌가?"

마사지를 다 마친 노스님이
사타구니를 짝 벌리고
알몸으로 널브러져 있다

* 인생은 물거품처럼 부질없는 것

알몸의 구도자

모란 24시간 사우나탕에서
잿빛 승복을 벗는
젊은 스님을 보았다

승복의 고귀한 신분을
홀딱 벗었다
평범한 남자가 드러났다

"속옷 한 장 걸치지 않고 13마일을 자전거로 달리는
'필라델피아 알몸 자전거 대회'에 3,000여 명 참석"
해외 토픽이 텔레비전에서 흘러나온다

알몸은 가장 자연에 가까운 정신
보석 사우나 가부좌 틀고
땀 뻘뻘!

젊은 알몸이 목욕을 마치고

신생新生을 하듯 승복을 입는다
알몸이 구도자가 되셨다

헛된 눈싸움

장 구경하고 있다
마치 탑돌이 하듯이
화훼 구역에 들어섰을 때
꽃구경에 홀린
젊은 여스님을 보았다
화려한 색에서 무슨 선근善根을 발견한 것일까
다시 탑돌이 하듯이
시장을 서너 바퀴 돌면서 장 구경을 하는데
호떡 장사 긴 줄에 서 있는 여스님을 또 만났다
출출하셨구나
두근거리던 나는
여스님과 눈길이 딱 마주쳤는데
허, 참 내!
보조개도 있네!
맑고 귀여운 그녀의 눈길에
나는 어질어질 빗설 수밖에 없었다
번잡한 저잣거리에서

눈싸움에 진 나는
술병좌座를 찾아
포장마차로 줄행랑을 쳤다

하늘의 부름

오늘 친한 친구의 부음을 받았다
이 세상에 태어난 것은
하늘과 부모의 뜻이건만
이승에 와 놓고 보니
힘들고
아프고
고독하지만
즐겁기도 하고
할 일은 왜 이리 태산 같은지
티끌 같은 인생이 왜 이리 천근만근인지
가벼움과 무거움을 헤아릴 수 없는데
어서 가자
저승으로 어서 가자
우주! 하늘! 허공은 죽은 목숨을 받아주는 곳인지
유성이 뚝뚝 떨어지며 긴 선을 긋는
별똥별도 서로 부음을 전하는 것일까
별은 모두 각자의 아가미와 폐를 지니고 있지

수십조 억 개의 별이
아픈 듯 잔기침을 하는 밤

신입회원

분당 메모리얼파크
한 달에 두세 번은 간다
주말에
산책 삼아
수천 기 무덤 사이를 걷고 걷는다
갈 때마다
신입회원 환영식이 열린다
신입회원이 안장되는 장례를 목도한다
추모객과 친인척과 상주가 배웅하는
세상인심의 행렬
이승에서 납골당으로 집들이를 하는 신입회원
봉안당에는 선풍기가 돌아가고
전기 촛불과 향이 타오르고
꽃다발이 걸려 있다
세상인심으로부터 떠나온
하얀 뼛가루의 신입회원
새집의 명패를 달고

명복을 빈다

주먹의 발명

주먹으로
밥알을 꼬옥 쥐기만 했을 뿐인데
꼬옥 쥐는 악력과 손금이
맛으로 바뀐 것일까

팔당댐 수종사를 바라보며
예봉산 정상에서 깨물어 먹는 주먹밥
찬란한 밥 덩어리여!
깨소금과 애기 멸치만 넣었을 뿐인데

빵과 포도주의 맛
살과 뼈와 영혼의 맛

주먹을 쥐고 펴게 하는 힘
공수래공수거空手來空手去의 힘
주먹밥은
맛있다

연둣빛의 출처

물푸레나무를 물에 담가 놓으면
연둣빛 물이 풀어진다네

막 터지는 물빛, 오전의 빛
어린 무용수의 손가락처럼 풀어지는 빛

연둣빛은 어디에서 오는가
식물의 피에서 온다
수양버들 버들강아지 속잎에서 온다
어린 녹두의 여린 줄기 끝 새순에서 온다
물푸레나무와 녹차밭에서 온다

연둣빛은 어디에서 오는가
가늘고 얇게 떨리는 물소리에서 오는가
빛과 빛 사이에서 오는가

마치 연둣빛 새싹은 모두 종교 같은 것

창세기 같고 사도행전 같은 것

편의점

어둠 속을 나서면
동네 어귀에 편의점이 불을 밝히고 있다
24시간 꺼지지 않는 불
이 세상에서 가장 환하고 밝고 내부가 훤히 다 보이
는 불
사회가 아무리 어둡고 칙칙하고 무거워도
훤하고 투명하고 깨끗하구나
어느 날 새벽에는 참치 삼각김밥이 땡기고
삼각 삼각 삼각 모서리가 있으니
모서리 두 개를 파먹고
나머지 모서리 한 개도 입안에 털어 넣는 맛
컵라면과 함께 먹으면 더 맛있는 맛
힘들 때 먹으면 더 맛있는 모서리 꼭짓점
노모가 생사를 헤매며 수술대에 올라갔을 때에도
나는 수술실 앞에서 서성거리다가
슬그머니 병원 편의점에 들러
삼각김밥과 바나나우유를 사 먹었었다

오늘도 편의를 도모하기 위해
편의점으로 간다

삼각김밥

태평양 상공에서
천국 가까운 곳에서
항공기 기내식으로 삼각김밥을 먹는다
천국 친화적인 음식이다
블랙와인 한 잔 곁들여 참치 삼각김밥을 먹는다
삼각삼각한 기분이다
삼빡삼빡한 씹힘과 목 넘김이다
비행기가 난기류를 만나 심하게 출렁이며 흔들린다
창밖은 온통 운해
구름 위로 포도주빛 해가 떠오른다
아! 아침이구나
시속 800킬로미터의 속도로
열두 시간을 날아가며
상공에서 아침으로 삼각김밥과 와인을 먹는다
호사로다!

양푼 해장라면

콩나물 라면을 기똥차게 끓여주던 양은냄비
한밤중에 일어나
출출하니
행복추구권을 책임지던 양은냄비
십 년 동안 끄떡없이
자취를 잘하더니
이젠 찌그러지고, 손잡이가 헐거워지고
곰보처럼 잿빛으로 탈색이 되었다
갑자기 암전된 반지하 월세방에서도
삶의 저인망을 끌어당기며
어둠 속에서 해장라면을 맛있게 끓여주던 녀석
끓어 넘치던 생의 무늬여
혼술을 퍼마신 날
저 쭈글쭈글 찌그러진 양푼의 투덜거림
한껏 끓어 넘치는 양푼의 뜨거운 울음이여

새벽 김밥

김밥은
소풍 가서
친구들과 깔깔거리며 먹는 똥꼬발랄한 음식인 줄만
알았다

수서역 김밥집
여기는 새벽 5시에 문을 열고
오후 1시에 문을 닫는 김밥집이다

갈색 우엉과 초록 시금치를 동글동글 만다
들기름 냄새를 고소하게 바른다

희미한 새벽 불빛의 계단을 살포시 밟으며
진눈깨비 내리는 오전 6시인데
노동자들, 학생들, 아가씨들이
까만 슬픔 한두 줄을 씹어먹으며
성찬을 즐기고 있다

나는 칼칼한 동태찌개입니다

나는 칼칼한 동태찌개
추위를 잘 타는 쓸쓸하고 가난한 시인

나는 칼칼한 동태찌개
팔팔, 북슬북슬, 보글보글, 폭신폭신, 야들야들
비리면서 무맛은 달고
달면서 고소한 진미

눈깔과 아가미에 붙은 살을 파먹으며
나는 가난한 시인의 술추렴
거칠고 막막한 심해의 삶을 분해하고 녹여서
나는 가난한 시인의 술안주

나는 칼칼한 슬픔
얼큰한 슬픔의 뜨끈한 안주

새벽의 달고 쓴 맛

눈보라가 매섭게 친다
119 응급차 소리가 경고음을 울리며 가고
핸드폰에서는 연신 안전 안내 문자가 온다
눈보라 휘날리는 아침 6시 30분에
늙수그레한 아저씨가 들어서는 국밥집
수구레국밥에 소주를 마신다
설국으로 변한 곤지암
시커먼 무쇠 가마솥마다
장작불 휘감고 있다
몇몇 늑수구리 외국인 노동자들이 새벽부터 소주를
마신다
오늘은 일거리가 없나보다
허기진 뼛속이 화끈 달아오른다
생의 이편으로 건너와 매섭게 나부끼는 눈설레
무쇠솥은 펄펄 끓고
수구레는 왜 이리 소주, 소주, 소주
쓰면서 단가

달면서 고소한가

짜장 웃음

"짜장은 웃음이란다."
초등학교 3학년 진천 백일장에 나갔을 때
인솔하신 선생님께서 짜장면을 사주면서 하신 말씀
이다

살아보니 짜장은 웃음이라는 말씀이 딱 맞다
"검은색은 달고 맛있어."

커서 가족끼리 집 근처의 중국집에 자주 간다
비 오는 날에도 자주 간다
빗줄기 면발을 쪽쪽 빨아댄다
길고 긴 폭우를 면치기하면서
고량주도 한두 잔 곁들인다

바위를 쪼개던 매미 울음 그치고
하늘을 갈라놓는 천둥 번개 내리칠 때
콧등에 춘장을 묻히며

터진 팥 자루처럼 해낙낙하니 웃으며 먹는다

II
슬픔이 나를 꺼내 입는다

인생의 계약금

이승은 목숨을 잠시 빌린 것

돌잔치, 입학식, 졸업식, 결혼식, 칠순 잔치는
목숨의 기념일
계약금 지불일
수업료를 지불하면서 청춘을 공부했고
방값과 가게 계약금을 지불하면서
이승의 가정을 꾸려왔고

병원에 고액의 치료비를 지불하면서
아픔을 치료
목숨을 연장
이제 목숨의 임대 기간이 끝났으니
납골당에 안치되면
자식들이 지불해야 할 유골의 계약금
계약을 파기할 수 없는
비망록

소찬의 부질없는 인생아!

단풍 속으로 사라졌다

10월 말
할머니 셋이 꽃단장하고
남한산성 오르는 길
울긋불긋 계곡 평상에서 화투를 친다

"화자야!"
"화자야!"
몇 번을 불러도 대답이 없다
"단풍 속으로 오줌 싸러 갔나?"
"약사사에 기도하러 갔나?"
천수관음의 손인양
단풍잎 후두둑 지는 평상

평상에 깔린 화투패에는
청단, 똥광, 단풍 햇귀 가득한데
"화자花子 년은 어디로 간겨?"
패를 돌리다 말고 화자를 찾는다

인생의 떨켜

가정용 정미기를 돌려
쌀을 찧는다
윙윙 돌아가는 정미기는
왕겨와 등겨를 토하면서
먼지를 폴폴 날린다
먼지는 마당을 훨훨 날아가서
깃털보다 가볍게 편서풍을 타고
바다와 대륙을 건너기도 하고
제트기류를 타고 지구를 몇 바퀴 돌면서 떠돌 것이다
그러다가 치내리바람을 타고 어느 창가에 내려앉아
끈적하게 달라붙어
인생의 떨켜가 될 것이다
먼지에 붙들려 사는 인생이여
『우리는 모두 별이 남긴 먼지입니다』라는 책 제목이
떠오르고
인생은 먼지로구나
쌀을 다 찧고 정미기를 끄고 나서

옷을 훌렁 벗어 바람개비 돌리듯
세차게 먼지를 털어낸다

모란시장에 가면 입맛을 버린다

모란시장에 가면 입맛을 버린다
하는 일마다 수틀리고
넝마처럼 엉망일 때
인생을 마구 씹어대는
품바들의 질펀한 각설이 타령을
실컷 들으러 모란시장에 가면
메추리구이, 미꾸라지 튀김, 돼지 부속 철판구이
젊은 여자들도 귀신처럼 발라먹는다
너무 맛있어!
감탄사를 연발하면서 먹는다
비루하지만 재밌는 인파
입맛이 도는 인파
모란시장에 가면 미뢰가 놀라고
누구나 입맛을 버린다

찜부럭

힘겹게 인생 목넘이를 넘어온
중년의 아저씨 두 분이
해낙낙하게
머릿고기 편육을 잘근잘근 씹어대면서
술잔에 슬픔을 따르며
"인생이 뭐 별거다냐? 살만한 게 인생여."
귀맛 좋게 인생을 예찬한다

희롱해롱 혀가 점점 꼬이고
시퍼런 청대독이 오르더니
"인생 좆같네, 씨발."
찜부럭을 부린다

보다 못한 욕쟁이 할머니가 오더니 호령!
"씨팔놈들아, 좆을 칭찬해야지 왜 좆을 욕하고 지랄
이야. 그러다가 씹 못할 놈들이 되면 어쩔려고? 좆을 칭
찬해야 씹할놈이 되지. 안 그려?"

그 말에 꽐라 중년의 아저씨는
급! 급격히 공손해진다

낫날 커피

아기 다루듯 조심조심 다루어도
꼬투리가 벌어지면서 익은 참깨가 우수수 떨어진다
흔들림을 최소화하면서 살살 베느라
낫질을 하는 허리가 끊어질 듯 아프다
털푸덕 주저앉아 쉰다
꼭두서니 빛 노을이 시뻘겋게 타오른다
한 생애를 사르듯,
우리의 생애를 언젠가 가져갈 별들이 뜨겠지
밭고랑에서 믹스커피를 탄다
콧등의 땀방울이 후두둑 커피에 섞인다
낫날로 커피를 휘젓는다
깻대 하단부를 싹둑 베던 쇠맛이
혀끝에 배어든다
베인 듯 핏빛 영혼 흘러나와
커피를 물들인다

울음 뜨내기

하늘의 광활과 바다의 광활히 맞닿은
남해의 섬에 들어가서는
몇 날 대숲의 처절한 울음소리에
고막을 크게 다쳐
귀 수술까지 했다는 시인
지금도
방심하면
섬의 울음, 수평선의 가냘픈 흐느낌이
쏴아아악
귓속에서 들려온다는데
이따금씩
먹먹한 날
섬의 깊은 속울음이
귀 안으로
들어와서 살다가 가는 삶
"울음 뜨내기가 내 귀에 살아."
태연하게 웃는다

"울음은 가장 권력이 약해."
이런 뜬금없는 말도 들린다고 한다
시인은 가장 울음에 취약한 사람

추위의 감각

영하 14도인데 짱아가 나가자고 졸랐다.

얼어서 꽝꽝 미끌미끌 바삭바삭한 땅과 잔디와 낙엽의 감촉이 좋은가 보다.

찬 공기에 취한 듯 폴짝폴짝 콩콩이처럼 뛰고 까치처럼 뛴다.

나도 뛴다.

함께 달린다. 숨이 찬다.

짱아는 추우면 털끝마다 혈액이 뛰고, 감각이 솟구치고, 발톱에는 엔도르핀이 치솟나보다.

반려견을 끌고 나온 어떤 중년의 여인이 나에게 다가오더니 "춥죠?"라며 감각적인 인사를 건넨다.

아! 나는 갑자기 그녀와 대구탕 집에 가서

뜨거운 대구탕을 먹고 싶어진다

개 짖는 소리에 오는 가을

완전히 물을 떼는 7월을
물떼기의 시간이라 한다
논바닥이 쩍쩍 갈라질 때
오히려 벼의 뿌리가 깊게 뻗는 것을 보고 농사꾼들은
"논 잘 말랐다"라며 기뻐한다
젖을 떼듯 물떼기의 시련이 끝나면
드디어 8월 중순이면 물대기의 시간이 찾아온다
흰 벼꽃이 피기 시작하기 때문이다
벼가 임신해서 벼 줄기가 불룩하게 부풀어 오르는 수
잉기
벼 줄기 밖으로 이삭이 나오는 출수기에는
벌컥벌컥 물을 폭풍 흡입하기 시작한다
갈증 난 황소가 구유의 물을 들이켜듯
벼 이삭이 물 켜는 소리로 초가을 들판이 쿨렁거린다
논물의 젖줄 빨아대는 소리를 듣고
귀 밝은 개들이 컹컹 짖으면
초가을은 온다

참깨는 소리로 된 음식

참깨꽃밭으로
사방천지에서 구름떼처럼 날아온 벌떼 소리
환청 같다

참깨가 익어서
막대기로 깨 주머니 털 때
타다다닥
소리 알갱이가 쏟아져 나온다

기름집에서 깨를 볶고 참기름을 짤 때
번철에 참기름 발라
배추전을 지질 때
지지지지직
소리 알갱이가 터져 나온다

김에 발라 소리를 구워 먹을까
돌솥밥에 썩썩 소리를 비벼 먹을까

구수한 소리, 소리, 소리

하류

바다에 스미기 전에
파도를 향해 목 놓아 운다

낮고 깊은 금강 하심下心에 와서
울컥
내려놓아라, '방하착放下着',
지니고 가라, '착득거着得去',

산맥과 능선과 상류가 다 흘러와
산천의 슬픈 그르메 젖는
저 도도한 탁류, 울컥
길고 긴 물길의 여정에도 노독의 통증이!

파도를 타고 넘으리라
울음의 교향악이여, 악기들이여!
바다가 받아주는 울음일지라도
파도를 타고 넘어 더 멀리 흘러가리라

화부가 되어

불을 굽는 인생은
불쏘시개처럼 살다 가는 것
중년을 건너는 것은 장작의 속성을 닮아가는 것
마른 등걸도
제 육신을 점등하는 모닥불이 된다
정신도 일렁이는 화농이 되는 것
섹스도 모닥불처럼 일렁이는 것이지만
소멸의 따스함에 닿는 것
잉걸불을 뜨는 것
곁을 주고, 등을 쬐다가
불빛과 함께 글썽이는 것
잘 익은 술처럼
장작은 스스로 출렁이며 타는 것
모닥불 주위로 사람들이 모여들기도 하지만
솔로 캠핑처럼
단 한 사람을 위해
씨앙씨앙 사르며 스러지는 것

인생은 채소와 같다

폭설이 쏟아지는 날
무작정 걸었다
비닐하우스 대단지가 나왔다
외계 행성의 은빛 지붕 같았다
파릇파릇한 실루엣이 비치었다
호기심이 동해서
안으로 들어갔다
하얀 김이 서리고
푸른 치커리의 양탄자
짙은 초록의 갈맷빛 향연
대지 가득 빈틈없는
"꿈을 좇지 않는 인생은 채소나 다름없다"
어떤 영화에 나오는 대사인데
여기 와서 보니 틀린 말 같다
한겨울 폭설 속에서
채소가 펼치는 초록 꿈의 카니발
"꿈을 좇는 인생은 채소와 같다"

춤은 우주의 떨림

은행동 지하 1층 '777' 사교댄스 무용학원에서
세 시간이나 땀 뻘뻘 흘리며
절반은 나비, 새가 되어
정신 쏙 빼놓고
땀범벅이 된 60대 여성 세 명이
현관을 나오자
"와, 함박눈이다!"
광인처럼 미친 듯 폴짝폴짝 뛴다
세상이 온통 춤바람이다
저러다가 홀러덩 넘어져
골절상을 입으면 어쩌나
멀리 남한산성에 퍼붓는 눈발은
상승하는 기류를 타고
나비처럼 횡 날아오르며
성곽 안쪽으로 휘날리고 있겠지
휘모리 춤사위
훨훨훨 휘도는 춤사위가 가득한 은행동과 남한산성

"세상은 볼 수 없는 떨림과 춤으로 가득하다."
양자 천체 물리학 이론을
건강 사교댄스에 써먹는 60대 아줌마들!
이미 절반은 새의 종족이 되어!

슬픔이 나를 꺼내 입는다

내 옷은 아내에게 엄청 혼난다
막걸리 얼룩이 묻었다고 된통 혼났고
분필과 사인펜 자국이 배었다고 혼났다
빨래를 개면서
패대기치듯 빨래를 혼내곤 했다
도대체 어디서 슬픔과 외로움을 잔뜩 묻혀 왔냐고
술집 알바 투잡을 뛰고 왔냐며 옷에게 핀잔을 퍼부었다
아내에게 짜장 혼나는 내 옷이 불쌍하다
옷장에 걸린 반팔 티셔츠가
허름한 내 육신을 빌려 입고 집을 나선다
어울림과 맵시를 걸친 듯 만 듯
내 몸은 점점 늙어가는데
옷이여, 나의 까칠한 성격을
폼나게 입고 다니느라 고생했겠지
내 육신이 점점 볼품 없어지고
이제는 허리 협착증으로 끙끙거리는 나를 껴입고
슬퍼도 슬프지 않은 척 걸어다녔겠지

넘치는 역마살과 외로운 중년을 탕진하고 있는 육신
떨어질 듯 대롱대롱 매달린 남방의 단추
오늘도 슬픔이 나를 꺼내 입는데
"칠칠맞게 한두 살 먹은 어린애야?"
"질질 흘렸잖아! 파키슨 병 걸린 노인네야?"
어린애였다가 갑자기 노인이 되는
신기한 내 옷아, 너는 왜 늘 혼나고 사니?
아내의 잔소리가 백색 소음이라도 되는 거니?

뻥쿠르트

"오늘 똥 몇 번 쌌습니까?"

"인생이 꽉 막혔어요. 성욕도 급체, 슬픔도 역류성식
도염, 돈도 대장염. 사랑은 방광염. 인생은 소화불량."

"그래서 오늘 똥 쌌습니까?"

"아뇨. 변비입니다. 총량의 법칙에 따르면 내 삶의 에
너지는 젊었을 때 1000%를 다 써서 십 년 전에 다 소진
되었어요. 지금 시체야."

"아침 뭐 드셨어요?"

"더부룩해서 못 먹었어요. 요즘은 만나는 사람마다
모두 사기꾼 같아요. 활력을 사기 치고, 돈을 사기 치고,
사랑을 사기 치는 놈들."

"활력쿠루트 제조해 드릴게요. 이거 마시고 쾌변을 보시고, 뻥 뚫린 삶을 되찾으시기 바랍니다."

III
아내를 바꿔 입었다

만져 봐

아내가 왼쪽 젖가슴을 불쑥 서슴없이 꺼내더니
"만져 봐!"
한다

나도 모르게 아내의 말랑말랑한 젖가슴을 만진다
아내 종아리를 마사지해 주던 내 손

"꽃숭어리 만지듯 세심하게 만져봐! 멍울이 잡히
는지."

세심하게 만져보라는 말에
내 손이 떨린다
내 정신이 흔들린다
부드럽고 세심하게 만져다오
아내의 아픈 꽃숭어리를!

소규모의 슬픔 웅어리가

만져지지 않기를!

더 활짝 벌려 보세요

"아버님, 더 활짝 벌려 보세요."
요양병원에 가서
장인어른에게 죽을 떠먹인다
이제 입 벌리는 일도
쉽지 않다
씹지도 못하고 꿀꺽 넘기지도 못하고
입안에서 한참을 굴린다
근육의 수축 팽창 능력이 점점 사라지고 있다
긴장과 이완 능력이 사라져서
똥도 쌀 수가 없어서 관장을 해야 한다
자신의 힘으로 활짝 벌릴 수 없는 입과 항문
장인어른의 입안으로 죽을 넣으면서
나는 아내의 출산 장면을 떠올린다
한껏 최대치의 팽창 능력으로
두 아이가 태어났다
벌리고 닫는 일은 생명의 가장 소중한 일
봄이 되어 해토가 되고

대지는 온통 씨앗의 구멍이 열리고 있는데
나는 요양병원에서 장인의 항문과 사투를 벌인다
똥 잘 싸게 해달라고 빈다

개굴 보살님

똥꼬발랄
짝짓기하는 모습을 보러
보탑사에 갔는데
이미 산란 끝!
연못에는
까만 보석 같은 개구리알만 가득
산개구리는 자취를 감추었다
보탑사 최고의 숨은 비경은
2월 초순 얼음이 녹을 때
산개구리 수천수만 마리가 동시에 깨어나
목울대 찢어져라 울음을 토하며
미치광이처럼 껴안고 올라타고
광란의 짝짓기를 하는 것
비구니 사찰인 보탑사에는
눈빛 맑은 여스님들이 살고
절 주변의 계곡과 연못에는
개굴 보살님들이 와글와글

살아간다

아내를 바꿔 입었다

샤워 후
후다닥 회색 반팔 티를 입고 외출을 하는데
헐렁헐렁 보들보들 촉감이 좋구나
엥? 아뿔싸! 아내 티를 입고 나왔네!
후다닥 집에 가서 벗을까?
아니야 그냥 입자
나이 오십 중반이 되니
겉궁합이 맞는지
아내 옷을 바꿔 입어도
몸이 편한 나이가 되었구나
아내 옷이라는 속사람을 빌려 입었으니
옷 반려자가 되었구나
남편이라는 겉치레가 은근히
기분이 맑고 째진다
부부는 마음보다 몸을 자주 섞는 사이
몸을 서로 살피며 마음을 맞추는 사이
오늘은 아내를 바꿔 입고

젖 달린 듯 팔을 휘휘 흔들며
활보하는 하루가 되리라

숭어처럼 뛰는 심장

조물조물 봄 주꾸미를 빨갛게 볶으며
저녁 준비를 하다가
부엌 창문으로 훅 끼치는
버슨분홍 라일락 꽃향기
왈칵 쏟아지는 시뻘건 노을빛 세례를 받는 순간
아! 좋다
잠깐에 느끼는
황홀한 감정의 무한 팽창!
숭어처럼 뛰는 심장 발작이여!
사람조차 꽃으로 피어나는구나
"여보! 뭐해? 주꾸미 타잖아?"
화장실에서 나온 아내가 큰소리를 친다
잠깐 숭어가 되었다가
라일락 꽃나무로 변신했던 내 영혼이
화들짝 놀란다

뚝! 눈물이 멈췄다

개와 함께 산책을 하다가
느티나무 밑 의자에 앉아서
개를 끌어안고 울었다
개가 내 얼굴을 연신 핥았다
눈물맛이 어떠니?
썩썩 핥는 개 혓바닥이
조금 간지러워서
울다가 키득키득 웃음이 나왔다
아내가 모르게 빌린 빚
나는 빚에 쪼들리는 남편
몇 방울 흐른 눈물이
발밑의 야생화에 뚝! 떨어졌다
보랏빛이 화들짝 흔들렸다
네 이름 뭐니?
꽃 이름을 묻는 순간
뚝! 눈물이 멈췄다
핸드폰 검색을 했다

동부꽃이었다
아! 변강쇠전에 나오는 동부꽃이로구나
옹녀의 거기를 닮았다는 꽃!
나는 까르르 웃었다

이천만 원으로 활개를 치리라

내 통장에
이천만 원 있으니
다 갚으리라
모든 빚을 청산하리라
수중 모래섬인 풀등이 펼쳐진 무인도를 사리라
배도 한 척 사고
수천 마리 갈매기를 호위무사로 거닐며
바지락을 캐고 낙지를 덮치는
해적질을 하리라
내 통장에
이천만 원 있으니
빚을 다 갚고
지상낙원을 사리라
마다가스카르 바오밥나무 섬을 사리라
뿌리가 하늘로 자라고
잎새와 가지는 땅밑으로 자라는 물구나무 선 나무
거꾸로 선 풍경 속에서 활개 치며 살리라

해루질

드넓은 뻘밭에
랜턴을 비추며
손금의 애정선처럼 갯골에 패인 물길
낙지의 빨판을 닮으리라
먹물빛으로 철썩이는 수평선
밀려갔다가 밀려오는 파도 소리처럼
당신과 평생을 함께하리라
서로의 유두에 점등을 하고
돌 틈에서 해삼을 발견하듯
옷고름을 더듬고
사랑의 뻘밭을 해루질하리라
멀리 비렁길 섬마을의
젖가슴 반달 긷는 집에 돌아가
밀려오는 밀물의
파도 소리처럼 끓어 넘치리라

귓불을 녹이면서

사람이 사랑을 하게 되면
귀에서 부드러운 선율이 흘러나온다

남자들은 눈으로 사랑에 빠지고
여자들은 귀로 사랑에 빠진다고 한다는데
그래서 당신의 말랑말랑한 귓불을 애무하련다

달팽이관까지 고작 3cm도 안 되는 거리인데
1억 광년의 깊은 동굴
아직 탐사를 하지 못한 미지의 블랙홀

임종 때 마지막까지 살아남는 감각이 청각이라는데

엄동설한 방금 귀가한 당신의 빨갛게 꽁꽁 언 귀를
내 따스한 손아귀로 감싸쥔다
"얼음짱 같네."

3쾌

아내여, 유쾌 상쾌 통쾌하자
똥꼬발랄하자
부부라는 좋은 책, 맛있는 음식이 되자
서로 웃음의 야로冶爐가 되자
키스를 섞어 슬픔을 마시자
쓰디쓴 아리랑 쓰리랑 몇 숟갈 넣은 섹스를 하자
뒹굴뒹굴 구르기
부부 요가 스트레칭 함께 하면서
전갈 자세
사마귀 자세
간지럼을 피우자
까르르르르 웃자
소꿉놀이를 하듯 살자
노독에 지친 발가락을 조물조물
까르르르르 웃자
아내여, 인생의 힘든 여정을
쾌걸이 되어 걷자

삶의 무게를 저울질하다

24살의 아들 녀석
0.1g 단위로 측정할 수 있는 커피 저울을 사 왔다

0.1g까지 미세하게 커피의 무게를 재면서
까만 액체를 달이는 젊은 아들
삶 속에 녹아 있는
0.0001g 미량의 소규모 슬픔을 잴까?

그리움과 고독도 점점 무거워진다
짓누르는 삶의 무게를 덜어낼 방법이 없을까?

아들이 사 온 0.1g 단위로 측정할 수 있는 커피 저울로
내 삶의 행복을 측량하고 싶다
너무 소량이어서 측량할 수 있을까?

유쾌한 다이아몬드

이 세상에서 가장 큰 다이아몬드
가장 빛나는 다이아몬드
가장 열정적인
짜릿한
다이아몬드
27.431m의
1루, 2루, 3루, 홈
유쾌, 상쾌, 통쾌, 홈
휘둘러! 한 방 날려!
쓰리 볼, 투 스트라이크
외야석 펜스, 너머로 날려!
이 세상에서 가장 팽팽하고 멋진 포물선을 그려!
관중석에서 나팔이 울리고
다이아몬드가
갈매기 떼처럼 울도록!

복사꽃이 만개했다

누가 저 나무에게
꽃 피우라고 명령할 수 있겠는가

누가 저 나무에게
미쳐 날뛰지 말라고 명령할 수 있겠는가

누가 저 종달새에게
꽃처럼 노래하지 말라고 명령할 수 있겠는가

누가 저 나무에게
빛을 팡팡 터뜨리지 말라고 명령할 수 있겠는가

누가 저 나무에게
넘치는 은사를 받지 말라고 명령할 수 있겠는가

봄에 꽃이 피는 이유

광란의 카니발이다
봉두난발이다
오백 살 할머니 고목도 꽃 폭발이다
오백 년을 다 불러 모아 환장한다
신의 경작이 나무마다 넘친다
전심전력의 핌이다
봄은 사순절 기간이다
3월은 금욕과 고행과 고난 주간
봄날 향년 33세의 젊은 사내가
손바닥과 발등에 대못이 박혀
인간의 육신 5리터의 피를 몽땅 쏟고 죽으셨다
우리가 꽃다발을 선물할 때
꽃의 엄청난 열정과 보혈과 우리 마음의 사랑을 몇
곱절 잔뜩 얹어서
선물하는 것이다
봄이면 꽃향기가 넘쳐나니
누구의 큰 선물이냐?

꽃이 피 흘린다

백합꽃

엄마가 텃밭에 알뿌리 백합을 심고
꽃이 엄마를 꽃피운다

꽃이 사람에게 와서
사람을 가꾸고 향기 나게 한다

꽃은 고양이처럼 다가와서
사람의 동선에서 피고 진다

꽃의 예의

공원묘지인 메모리얼파크 가는 길
한식과 추석에는
꽃을 파는 노점상이 수십 개로 늘어난다

망자를 기억하는 일은
꽃을 놓아드리는 일이다

꽃다발이 먼저 달려가서
슬픔의 슬하에게
예의를 표하고 있다

생로병사를 꽃들이 동참하고 있다
인간의 기념일을 챙기는 꽃
망자를 장식한다

야생 구절초가 피어 있다
일 절부터 구 절까지

불러도 지루하지 않은 노래
아홉 마디 꺾어지는 음표

거품의 위로

가끔 사람 관계에 질릴 때
외진 호프집으로 가서
하얀 거품을 꼴깍 흘려넘긴다

우리 몸에서 가장 천천히 늙는 것은 목소리라고 한다
목구멍을 거품으로 적시면서
"목소리도 늙는구나"

목구멍아, 뻥 뚫려라!
내 삶이 힘들고 지칠 때
거품 넘치는
하루의 고단과 뼈 시린 독백을
500cc 유리잔에 따라 마신다

청양고추를 썰어 넣은 마요네즈 먹태 소스
대가리를 찢어 소스에 찍어 먹는다
아작아작 아작을 내면서

인생이 먹먹할 때

인생은 맥주 거품 같은 것이라고!

등살을 나누지 않은 여자

내 앞 식탁에서
반백의 머리가 희끗희끗
나이는 육십 대 후반
엇비슷한 또래의 남자랑 앉아서
미나리전에 막걸리를 마시는 여자
반팔 얇은 니트 윤곽을 보니
등살을 둘로 나누지 않은 것이
분명코 속옷을 안 입은 여자
조곤조곤 존댓말 반말 반반 섞어쓰는 여자
브라자를 안 한 여자
답답했던 지난날을 벗어버리고
약간 처진 가슴을 해방시키고
미나리전 향기를 풍기며
인생의 후반기를 마시는 여자
이쁜지 이쁘지 않은지 신경을 덜 쓰는 것이
더 이쁜 여자

IV
깊이에의 강요

깊이에의 강요

가을 산에 든다
골짜기는 끝없이 깊구나

나는 깊이가 부족한 사람
내 글도, 그림도, 인생도, 섹스도
깊이가 부족한 사람

평범하게 좋을 뿐이지
깊이가 약해

얼마나 더 깊어져야 하는가?
가을 산에 든다
꽃골 낙엽골 가도 가도 깊구나
떨어지는 낙엽들이 서로 키스하고, 춤추고, 뒹굴고,
타닥타닥 딴따 탱고, 밀롱가, 말발굽 소리, 산울림이 되
어 쌓이는 소리
노래가 울려 퍼지는 저 깊은 골짜기

얼마나 깊어야만 하는가
깊지 않으면 예술이 아닌가?

총알 립스틱

아내가 면세점에 들어가서
총알 립스틱을 두 개 고른다
새봄 새 컬러
아무리 피부가 곱고 눈동자가 예쁘더라도
입술의 볼륨감과 색감을 당해낼 수 없다
겉은 보송하게, 속은 촉촉하게
버터처럼 사르르 녹듯이 발려 들어가는 입술
통통해 보이는 볼륨감
달콤한 사탕향이 퍼지는 입술
청순하라
달콤하라
탱탱하라
촉촉하고 은은하게 빛을 발하라
입술이여, 얼굴을 꾸미고 즐거라
립 립 립
입술을 매일 리페어하시라
오 키스하라

총알이 되어라

조준 쏴!

총알 립스틱이여

안개의 흐느낌

안개가 흐느끼는 소리를 낸다는 것을
56년을 살아오면서 매번 느꼈었지만
우암산 안개와 청계산 안개가 흐느끼는 소리는 특별
했다
둘 다 아침 시간이었다
희미한 실루엣이
큰 나무를 움켜잡고 있었고 안개는 흐느꼈다
나는 바위 뒤에 숨어서 목도했다
남녀의 몸에서 하얀 안개가 흘러나왔다
몽환적인 분위기에서 들려오는
우주적인 격렬한 안개의 신음소리
내가 훔쳐본 것은
안개의 말랑말랑한 속살
안개의 하얀 속치마였을까

천지 분간이 안 되는 자욱한 지리산 안개 속
반야봉에서 나는 알몸이 되어 있었다

안개와 함께 격렬하게 교접을 했었다

어루만지는 손길

천로역정처럼
멀고 먼 물길을 달려온
탄천의 물살이 달빛을 어루만진다
만져
가져
내가 내 몸을 만지는 것보다
더 정성스럽게
물항라 물주름의 미세한 떨림과 흐느낌과 부드러움
으로
구석구석 스미고 어루만져
삶을 흔들어 봐
탄천도 흔들리고
달빛도 흔들리고
산책을 하던 나도 떨리고

실연당한 남자가 탄천변에 앉아서
흐느끼고 있었다

지리산 밑의 허무

지리산 등반을 혼자 갔다
구례역 부근 모텔에서 하룻밤 잤다
성인 채널
전희, 삽입, 사정을 다 보여주었다
발가벗은 남자들의
성기 모양이 다 다르구나
그렇지만 표정은 엇비슷한걸
진지한 표정
비슷한 교성
알몸의 남녀는
누구나 격정적이고 엄숙하구나
체위는 다양하지만
몸짓은
되풀이될 뿐
도돌이표일 뿐
두 시간을 보고 나니
머리가 지근지근 아프고

잠이 쏟아졌다
다음 날 새벽 4시에 일어나
지리산 종주의 대장정에 올랐다
노고단은 장엄하게 햇귀를 퍼 올렸다

구멍 블루스

산천의 숨구멍이 뚫리는 해토머리
튀어나와라 개구리들아
튀어나와라 새싹들아
숨구멍이 벌룸거린다

들판 가득 참았던 숨구멍이 뻥뻥 뚫리고
연둣빛 버슨분홍 숨구멍
씨앗 껍질마다 터지고 갈라지는 소리
나무와 풀과 곤충들이
꼼지락거리는 소리가 들려
발버둥 치고 악을 쓰는 소리가 들려

구멍에 귀 기울여 봐
청진기가 되어 봐
언 뼈마디를 다시 맞추며 부푸는 땅거죽
만물이 소생하는 소리

가을은 몇 그램일까?

어제는 벼 8톤을 수확했다
추수가 끝난 들판은 점점 텅 비고 공허하도다
들깨 200kg, 태양초 300근(180kg), 고구마 27박스
(270kg), 콩 250kg 등을 수확했다.
참깨, 감자, 옥수수, 땅콩, 결명자, 마늘, 양파까지 합
치면
곳간이 가득 차고 넘친다
텃밭에는 배추 130포기가 자라고 있다
가을은 점점 무겁다

낙엽 떨구는 나무들은 홀홀 가벼워지고 있네
깃털처럼 가벼워지고 있네
허공은 텅 비어
맑고 높고 쓸쓸해서
점점 가벼워지는 가을

찬 이슬은 점점 굵어지고

가을은 가장 무겁고 가벼운!

가을은 얼마나 밝은 빛일까?

노랗고 하얀 꽃등
형형색색 명도와 순도 높은 단풍
은행잎의 샛노란 명도
밝은 빛을 개금改金하는 가을
눈부셔라

저 환희의 빛 다 거두고 나면
천지가 폐색하여
깊고 깊은 겨울이 오리니

가을이 겨울에게 넘겨주는 것은
변색의 깊이
폭설이 쏟아지면
흰빛으로 더욱 밝아지리니
가을은 겨울에 가서 더욱 밝으리니!

흘림골

높이 20m가 넘는 여심폭포는 살짝 벌어진 여자의 음부를 닮았다

계곡이 깊어 언제나 날씨가 흐린 것 같다 하여 흘림골인데

물구슬을 흩뿌리며 교성을 지르는 여심폭포가

계곡을 조였다 풀었다 하면서

칠색 현란한 먹빛을 흩날리며

수묵의 기암괴석을 휘갈리고

오색 단풍이 하르르 흘러내리고

굽이굽이

바윗돌 사이로

징소리 바람소리로 흘러내린다

설악산 마가을 흘림골!

온통 흘림 중이다

잡초행전

나는 예초기가 하나도 안 무서워
베어라!
댕강 칼날에 베이고도
죽지 않고 풍성하게 자라리라

어떠한 아픔이 있어도
땅끝까지 소식을 들고 가리라
척박한 땅에도
몸을 묻으리라
척박함을 뚫고 싹을 틔우리라

사도들이
사도행전을 쓴 것처럼
나는 잡초행전을 쓰리라
싹트는 곳마다 푸른 땅이 되리라
접린의 힘으로
땅을 딛고 일어서리라

거돈사지를 밟는다

잡초를 지심地心이라고 한다
지심매러 가자는 말은 지금도 자주 쓴다

어제는 폐사지 거돈사지에 갔다
수많은 학승과 사미승들이 화두에 몰두하면서
잡초를 뽑듯이
신전의 폐허를 감싸고 있는 늦가을 풀밭

풀씨들은 어디로든 가서
풀 내음을 번지게 할 것이다

바스락대는 풀밭의 변색을
꼬실라 지듯 비추고 있는 노을

나는 이빨 튼튼한 염소가 되어
잘근잘근 음미하고 싶어라

산천을 누비며 염소 떼가 몰고 다니던 늦가을이여

풀의 입적

깨를 널어 마당에 말린다
콩도 마당에 널어 말린다
늦가을 햇살을 받아
마당은 향기롭고 소란하다
바싹 말려야 눙내가 나지 않는다
곳간으로 들기 전
만추의 씨앗은 저음으로 가득하다

마당뿐이랴
바랭이, 개여뀌, 강아지풀, 털빕새귀리, 도깨비바
늘……
땅 가득 씨앗을 떨구며
씨앗 위에 누워 입적하는 마른 풀잎들

저 저녁 건너편
풀씨의 생명력은 말로 형용할 수 없다

도마… 아미타불…

죽어서도 종생을 이어가는 나무
어떤 나무는
죽음을 살려
목어가 되고
목탁이 되었다

어떤 나무는 현판이 되어
풍경과 덧없는 인간의 종생기를 새긴다

나… 무… 아미타불…

어떤 나무는 도마가 된다
무수하게 칼질을 당한다
양파, 고추, 마늘, 고등어에 칼질을 내며
도마는 눈물을 흘린다
도마아미타불이 된다

도마… 아미타불…

백로의 매서운 수행

한파를 연주하는 현악기의 활인 갈대여!
겨울 악보인 삭풍이여!
살을 에는 칼바람 선율인 탄천이여!
꼼짝도 않는
백로들의 매서운 수행이여!

꽁꽁 얼고 있는 강물에 가녀린 발톱과 발가락과 종아
리를 담그고
부동의 자세로
동안거에 든 듯!

어떤 스님이라도
백로의 매서운 수행법을 따를 수 없을 것 같다

동백이 붉은 이유

허공도
왈칵 모가지가 쏟아진 땅바닥도
붉은 화림花林

꽃숭어리
제 몸의 안쪽으로
두레박질 피눈물을 퍼 올려

꽃 피울음
공양 올립니다

수피樹皮 안쪽 왈칵 쏟아지는 붉은
꽃 피울음
공양 올립니다

새 떼의 혈액

새들의 핏방울이 허공 어딘가로 튄다
노을이거나
별빛이거나
운행의 연료가 되어 활활 연소한다

새들의 기낭氣囊에는 지구의 고독이 담겨져 있다
대기와 해류의 울음을 호흡하는 새들의 기낭

집어등을 켜고 오징어를 잡는 배처럼
달빛을 몸에 바르고 빛보라를 날리는
새 떼의 울음과 피돌기

오늘도 시베리아에서 발착한 새 떼가 날아온다

궤도를 돌고 있는 행성처럼
시간과 공간의 수축과 팽창이 새겨져 있는
해안가 지층

새 떼가 날아온다

어부들도 새의 종족으로 진화하고 있는 것일까?

눈썹은 왜 있는가?

눈썹을 살짝만 다듬어도
인상이 확 달라진다
화장과 표정의 완성은 눈썹!
두 눈과 이마 사이에 가로로 난 털이
얼굴 전체의 인상을 좌우한다
눈썹은 진심 어린 미소와 억지 미소를 구별하는 중요
한 도구
진심으로 웃을 때는 눈썹이 파르르 움직인다
가식적인 미소를 지을 때는 눈썹이 아예 안 움직인다
얼굴 근육 중 인위적으로 자연스럽게 움직이기 제일
힘든 부위가
바로 눈둘레근이기 때문이다
갈매기 눈썹
아치형 눈썹
능선 눈썹
일자형 눈썹
눈썹은 인간 심성의 대체물

오늘 신새벽 하늘엔 눈썹달이 떴다
하늘 표정의 대체물인가
신새벽 출근길 눈썹달은 외롭고 쓸쓸하다
고3 학생들의 얼굴을 닮았구나
나는 윙크를 한다

하늘의 혈청

천고마비의 하늘,
시퍼렇다
비소 같다
청산가리 천 배
한 방울 마시면 즉사할 것 같은 독극물의 시퍼런 하늘

아청색 밤이 되었다
반달이 찰랑찰랑 떴다
퉁퉁 부은 젖
젖물이 뚝뚝 흐른다
젖 빠는 소리 요란하다
쭉쭉쭉

삶이 곧 죽음이구나

저 밝은 몸의 길, 생명성의 분출

—장인수 시집 『슬픔이 나를 꺼내 입는다』 읽기

오 민 석 (문학평론가·단국대 명예교수)

저 밝은 몸의 길, 생명성의 분출
—장인수 시집『슬픔이 나를 꺼내 입는다』읽기

오민석(문학평론가·단국대 명예교수)

I

누구에게나 관념과 감각이 존재한다. 관념과 감각 사이의 거리에 따라 사유와 정념의 좌표가 생겨난다. 관념의 축으로 아주 멀리 간 주체들을 우리는 관념주의 자라고 부른다. 관념주의자들은 감각을 신뢰하지 않는 다. 그들에게 감각은 일시적이고 변덕스러운 좌표이다. 감각의 축으로 멀리 간 사람들을 우리는 감각주의자라 고 부른다. 이들은 관념보다 몸의 신호들을 훨씬 더 신 뢰한다. 이들에게 진실은 생각되어지는 것이 아니라 느 껴지는 것이다. 그러나 관념과 감각이 항상 대척적 관 계에 있는 것은 아니다. 이를테면 관념적 감각 혹은 감각적 관념이라는 것이 존재할 수도 있다. 장인수의 사유와 정념은 말하자면 그런 것이다. 그는 머릿속의 관념을 감각의 촉수로 끌어내리고, 감각 기관에 포착된 느낌을 관념의 창고에 저장한다. 그에게 관념은 감각의 힘으로 분명해지고, 감각은 관념의 형태로 신뢰의 대상이 된다. 그는 사유와 느낌이 활력 없는 관념의 상태에 있는 것을 용납하지 않으며, 동시에 그것들이 감각의 순간성에 휘발되는 것을 싫어한다.

천고마비의 하늘,

시퍼렇다

비소 같다

청산가리 천 배

한 방울 마시면 즉사할 것 같은 독극물의 시퍼런 하늘

아청색 밤이 되었다

반달이 찰랑찰랑 떴다

퉁퉁 부은 젖

젖물이 뚝뚝 흐른다

젖 빠는 소리 요란하다

쭉쭉쭉

삶이 곧 죽음이구나

—「하늘의 혈청」 전문

그의 시에서 삶과 죽음은 관념의 상태로만 존재하지 않는다. 그것은 '비소'처럼 '시퍼런 하늘'의 색깔로 오고, '젖물'처럼 '뚝뚝' 흐르며 온다. 감각의 배에 실린 관념이 '독극물'과 '젖 빠는 소리'로 올 때, 원관념tenor과 보조관념vehicle의 거리가 순식간에 사라진다. 그에게 죽음과 삶은 관념이 아니라 감각적 관념으로, 감각이 아니라 관념적 감각으로 온다. 그에게 관념과 감각은 마치 종이의 앞뒷면처럼 분리 불가능하다. 무엇이 그로 하여금 이렇게 관념과 감각 사이의 거리를 좁히게 할까. 쉽게 말하면, 그는 생각과 느낌이 따로 노는 것을 좋아하지 않는다. 그에게 느낌 없는 생각은 가짜이며, 생각 없는 느낌은 허위이다. 그가 볼 때, 감각—관념이 동전의 양면처럼 서로 붙어 하나가 될 때, 진실성의 수위가 높아진다. 장인수에게 감각은 관념의 등을 가질 때 사상이 되고, 관념은 감각의 배를 가질 때 실체가 된다.

젊은 스님 둘이 냉탕에서

푸다닥 개구락지 헤엄을 친다

안마탕에서는

노스님이 온몸을 지진다

물거품이 민머리를 휘감는다

노스님이 감탄사를 연발하며

"아유, 좋다! 인생명약수포공이로다."

5만 원짜리 '극락 마사지'도 받는다

(중략)

마사지를 다 마친 노스님이

사타구니를 짝 벌리고

알몸으로 널브러져 있다

　　　　　　　　　—「극락 마사지」부분

　젊은 스님 둘과 노스님이 대중탕에서 목욕을 즐기는
이 풍경은 왜 시인의 눈에 포착되었을까. 시인은 이 장
면에서도 감각으로 넘어오는 관념 혹은 관념의 무게 중
심을 달고 있는 감각의 '환한' 모습을 본다. 승복 입은
절집의 스님들이 '관념'의 기표라면, 목욕탕에서 발가벗
고 노니는 스님들은 '감각'의 기표이다. 승복을 벗어 던

지고 탕 안에 들 때 이들은 관념에서 감각의 세계로 넘어온다. '공空에서 색色으로'라고 바꾸어 말해도 좋을 이전이의 순간에 그들은 해방감을 느끼며 "감탄사를 연발"하는데 그렇다고 해서 이들이 그 이전의 세계를 완전히 버리는 것은 아니다. 실오라기 하나 걸치지 않은 순간에 오히려 관념은 감각으로 더욱 확실해지고 감각은 관념으로 더욱 튼튼해진다. "사타구니를 짝 벌리고/ 알몸으로 널브러져" 있는 노스님의 모습은 색과 공, 혹은 감각과 관념, 현상과 실체의 경계를 넘어선 혹은 그런 경계에서 자유로워진, 깨달음의 가장 편안하고도 완벽한 순간의 제스처이다.

이매역 지하 공중화장실에서
볼일을 보는데
느닷없이 시상이 번뜩
'싸다'와 '쓰다'를 함께 끄응끙

오호! 하늘을 날 듯한 기분!
엉덩이를 까놓고 쓰는 알몸 시
야호! 밑을 씻으려다가
선반 위에 올려놓은 장갑이

툭! 똥통에 빠졌다

　　　　　　　　　　　　　　—「이게 웬 변고인고!」 부분

　장인수에게 주이상스jouissance는 엄숙의 경계를 위반
혹은 횡단할 때 생겨난다. 승복을 벗은 스님처럼 '쓰는
일'의 점잖은 원칙이 '싸는 일'의 쾌락(파괴 본능/죽음 본능)
에 횡단 당할 때, 그리하여 전자와 후자의 구분이 사라
질 때, 시적 화자는 "하늘을 날 듯한 기분"을 느낀다. 그
러나 "엉덩이를 까놓고 쓰는 알몸 시"를 쓰려면 쾌락만
큼이나 경계를 넘는 고통을 감내하지 않으면 안 된다.
왜 쓰는 일은 '엉덩이를 까는 일'의 도전을 받아야 할까.
왜 시는 관념을 넘어 구태여 '알몸'으로 가야 하나. 왜
관념은 알몸의 옷이라는 역설을 입어야 할까. 이 만만
치 않은 위반과 횡단의 미학엔 파괴의 고통과 쾌락이
공존한다.

II

　장인수의 관념은 늘 몸의 언어로 구현된다. 그는 몸
에 오는 자극을 통해 관념을 얻고, 관념을 다시 몸으로
보내 실체화한다. 그는 자기 몸을 건드리는 자극을 중

시한다. 그의 사유는 음식을 먹을 때, 아름다운 것을 볼 때, 근육을 움직여 힘든 노동을 할 때, 최대로 활성화된다. 관념은 그 자체로 그에게 잘 다가오지 않는다. 그는 감각의 경험을 통하여 관념을 확인한다. 그는 몸의 경험에서 정직과 진실, 실체와 기쁨, 그리고 유머를 발견한다. 감각계는 그에게 즐겁고 빛나는 해방구이다.

영하 14도인데 짱아가 나가자고 졸랐다.

얼어서 꽝꽝 미끌미끌 바삭바삭한 땅과 잔디와 낙엽의 감촉이 좋은가 보다.

찬 공기에 취한 듯 폴짝폴짝 콩콩이처럼 뛰고 까치처럼 뛴다.

나도 뛴다.

함께 달린다. 숨이 찬다.

짱아는 추우면 털끝마다 혈액이 뛰고, 감각이 솟구치고, 발톱에는 엔도르핀이 치솟나보다.

반려견을 끌고 나온 어떤 중년의 여인이 나에게 다가오더니 "춥죠?"라며 감각적인 인사를 건넨다.

아! 나는 갑자기 그녀와 대구탕 집에 가서

뜨거운 대구탕을 먹고 싶어진다

　　　　　　　　　—「추위의 감각」 전문

이 시는 제목대로 '추위의 감각'을 통해 내러티브를 이어간다. 화자는 '영하 14도'에 '폴짝폴짝' 뛰는 '짱아'를 따라 함께 달린다. "추우면 털끝마다 혈액이 뛰고, 감각이 솟구치고, 발톱에는 엔도르핀이 치솟"는 것은 짱아만이 아니다. 짱아의 감각—반응은 화자에게도 그대로 전이된다. 중년 여인의 '춥죠?'라는 '감각적인 인사'에 초면의 그녀와 대구탕 집에 가서 "뜨거운 대구탕을 먹고 싶어진다"는 화자의 반응은 감각의 지표에서 활성화된 리비도의 상태를 보여준다.

똥꼬발랄

짝짓기하는 모습을 보러

보탑사에 갔는데

이미 산란 끝!

연못에는

까만 보석 같은 개구리알만 가득

산개구리는 자취를 감추었다

보탑사 최고의 숨은 비경은

2월 초순 얼음이 녹을 때

산개구리 수천수만 마리가 동시에 깨어나

목울대 찢어져라 울음을 토하며

미치광이처럼 껴안고 올라타고

광란의 짝짓기를 하는 것

비구니 사찰인 보탑사에는

눈빛 맑은 여스님들이 살고

절 주변의 계곡과 연못에는

개굴 보살님들이 와글와글

살아간다

—「개굴 보살님」 전문

　개굴 보살들에게 짝짓기는 감추거나 억압할 일이 아니다. 그들에게 짝짓기는 지상에서 가장 '똥꼬발랄'한 일이다. 개굴 보살들이 '미치광이처럼' 짝짓기를 하며 "목울대 찢어져라 울음을" 토할 때, 바로 옆 사찰의 '비구니'들은 그것과 정반대의 삶을 살아간다. 시인은 왜 극단적으로 다른 두 집단의 삶을 나란히 배치했을까. 이야기만으로 시가 되지 않는다고 할 때, 이 작품을 시적이게 하는 것은 바로 이 배열의 독특함 때문이다. 하나의 공간에서 서로 다른 두 개의 삶의 방식이 공존할지라도, 각자 자신의 문법에 충실하고 타자를 전유하지 않으며 타자의 무한성과 외재성을 존중할 때 싸움 혹은 배리背理는 일어나지 않는다. 개굴 보살들은 짝짓기를 통해 자신들의 삶을 완성하고, 여스님들은 그것과는 전혀 다른 수행을 통해 눈빛이 맑아진다. 시인은 가장 대조적인 것들(감각적인 것과 비감각적인 것)을 한 자리에 나열함으로써 그 각각의 숭고한 가치들을 재현한다. 그 자체 유의미한 것은 없다. 관계와 차이가 의미를 만든다. 색은 공과의 관계와 차이 속에서, 감각은 관념과의 관계와 차이 속에서만 의미를 발생한다.

산천의 숨구멍이 뚫리는 해토머리
튀어나와라 개구리들아
튀어나와라 새싹들아
숨구멍이 벌룸거린다

들판 가득 참았던 숨구멍이 뻥뻥 뚫리고
연둣빛 버슨분홍 숨구멍
씨앗 껍질마다 터지고 갈라지는 소리
나무와 풀과 곤충들이
꼼지락거리는 소리가 들려
발버둥 치고 악을 쓰는 소리가 들려

　　　　　　　　　　─「구멍 블루스」 부분

'구멍'이 있어야 소통이 가능하다. 구멍은 다른 세계로 가는 통로이다. '해토머리'는 얼었던 땅이 녹아 문을 여는 시간이다. '숨구멍이 뻥뻥' 뚫리는 시간이야말로 생명의 시간이다. 이런 시간에 감각은 가장 예민해지고 신선해지며 타자 지향적이 된다. 장인수에겐 이런 시간이 가장 복된 시간이다. 그는 리비도가 막힘없이 돌아가도 죄가 되지 않는 상태를 가장 선호한다. 그런 상태야말로 가장 밝은 몸의 길이다. 이 가장 밝은 몸의 길은, 베르그송H.Bergson식으로 말하자면, '생명의 비약(약동)'을 속성으로 가지고 있는 '생성'의 길이다. 베르그송의 말마따나 "약동만큼 생명과 비슷한 개념을 부여하는 것도 없다." 그것은 마치 폭약처럼 터지면서 물질계(감각계)로 치고 들어간다. 베르그송에 의하면 에너지는 양분에서 생기는데, "양분이란 일종의 폭약이므로, 불티만 튀면 자신이 축적하고 있는 에너지를 발산한다." 시인에 의하면 생명은 '발버둥 치고 악을 쓰'면서 지표면에 '숨구멍'을 낸다. 생명 지속의 이 자연스러운 진화야말로 윤리와 도덕을 뛰어넘는 존재의 힘이다.

생명의 지속은 타자성과의 접촉을 통해서만 이루어진다. 식물이 굳은 땅바닥을 뚫고 숨구멍을 내는 것은 땅 바깥의 타자성을 만나기 위해서이다. 바람과 햇빛과 비의 타자성을 만나지 못할 때, 식물─생명은 지속되지 않는다. 승복을 벗고 대중탕으로 풍덩 뛰어드는 스님들, 용변을 보면서 시상을 떠올리는 시인, 광란의 섹스를 하는 개굴 스님들은 모두 타자성을 향해 자신의 경계를 넘는 주체들이다. 장인수의 시들은 이와 같은 타자성들이 격하게 혹은 고요히 만나는 공간이다.

아기 다루듯 조심조심 다루어도
꼬투리가 벌어지면서 익은 참깨가 우수수 떨어진다
흔들림을 최소화하면서 살살 베느라
낫질을 하는 허리가 끊어질 듯 아프다
털푸덕 주저앉아 쉰다
꼭두서니 빛 노을이 시뻘겋게 타오른다
한 생애를 사르듯,
우리의 생애를 언젠가 가져갈 별들이 뜨겠지
밭고랑에서 믹스커피를 탄다

콧등의 땀방울이 후두둑 커피에 섞인다

낫날로 커피를 휘젓는다

깻대 하단부를 싹둑 베던 쇠맛이

혀끝에 배어든다

베인 듯 핏빛 영혼 흘러나와

커피를 물들인다

　　　　　　　　—「낫날 커피」 전문

　낫의 날과 커피가 만나 '낫날 커피'가 된다. 이 희한하고도 기발한 조합은 낫을 들고 "허리가 끊어질 듯 아프"게 땀 흘리며 일하는 상황과 그런 상황에서도 커피를 찾는 취향이 없다면 만들어질 수 없다. 실제로 학교 교사인 장인수는 주말이면 고향에 내려가 '뼈 빠지게' 농사를 짓는다. 그가 아무도 강요하지 않는 이런 노동을 오래 꾸준히 지속하는 것은 그의 몸이 내리는 명령 때문이다. 내가 볼 때 그는 천부적으로 근육과 감각 기관의 생기를 사랑하는 사람이다. "땀방울이 후두둑 커피에" 섞이는 것처럼, 그는 감각이 관념과 섞이는 것을 좋아하고, 관념이 건강하고 밝은 몸속으로 들어오는 것을 환영한다. 그는 적멸의 순간을 예감하는 순간("우리의 생애를 언젠가 가져갈 별들이 뜨겠지")에도 땀방울을 흘리며 "낫

날로 커피를 휘젓는다". 휘젓는 것에서 끝나지 않고 그
는 "혀끝에 배어든" '쇠맛'을 느낀다. 장인수에게는 이 느
낌, 이 감각의 현실이야말로 생명—약동의 현장이다.

드넓은 뻘밭에

랜턴을 비추며

손금의 애정선처럼 갯골에 패인 물길

낙지의 빨판을 닮으리라

먹물빛으로 철썩이는 수평선

밀려갔다가 밀려오는 파도 소리처럼

당신과 평생을 함께하리라

서로의 유두에 점등을 하고

돌 틈에서 해삼을 발견하듯

옷고름을 더듬고

사랑의 뻘밭을 해루질하리라

멀리 비렁길 섬마을의

젖가슴 반달 긷는 집에 돌아가

밀려오는 밀물의

파도 소리처럼 끓어 넘치리라

—「해루질」 전문

시인은 뻘밭의 '갯골에 패인 물길'을 '손금의 애정선'에 비유한다. 애정은 타자의 존재를 전제로 한다. 프로이트의 말대로 사랑이란 한 존재의 리비도가 온전히 타자에게 전이된 상태를 의미한다. 생명의 도약과 지속은 리비도가 타자성을 향해야만 일어난다. 장인수의 리비도는 '낙지의 빨판'처럼 타자성을 빨아들인다. "서로의 유두에 점등을 하고/ 돌 틈에서 해삼을 발견하듯/ 옷고름을 더듬"는다는 비유는 얼마나 싱싱한가. 그리하여 '당신'이라는 타자성을 빨판처럼 잡아당겨 '해루질'하는 시적 화자의 리비도는 얼마나 "끓어 넘치"는 에너지인가.

장인수의 시들은 어둡고 우울한 관념의 골방에서 만들어지지 않는다. 그것들은 바람과 햇빛과 비와 눈물과 땀방울이 마구 뒤섞이는, 밝은 몸의 길에서 생산된다. 장인수는 몸이 빠진 깨달음을 인정하지 않으며, 감각— 경험에 의해 체감되지 않는 관념을 신뢰하지 않는다. 그는 인지 안에 이미 들어와 있는 관념을 감각 기관의 경험을 통해 발효시키고 단련하고 정련한다. 그의 인식은 실천으로 검증된 이론처럼 단단하다. 그는 이질적인 것들을 마구 박치기시킨다. 그 기발한 발상들이 부딪힐 때 폭발하는 별처럼 생명성이 분출한다. 그의 시들은 생명성의 불꽃으로 가는 도화선이다. 그것들은 타오르며 경계를 넘고 터지며 더 큰 터짐으로 간다.

슬픔이 나를 꺼내 입는다
장인수 시집

발행일
초판 1쇄   2024년 6월 25일

지은이   ● 장인수
펴낸이   ● 김종해
펴낸곳   ● 문학세계사
출판등록   ● 1979. 5. 16. 제21-108호

주소   ● 서울시 마포구 신수로 59-1(04087)
대표전화   ● 02-702-1800
팩스   ● 02-702-0084
이메일   ● munse_books@naver.com
홈페이지   ● www.msp21.co.kr

값 12,000원

ISBN   979-11-93001-51-6   03810